Oskar

Eine KI erwacht

isabella Brynich

Für H

INHALT

Donnerstag, 5. September

Freitag, 6. September

Samstag, 7. September

Sonntag, 8. September

Montag, 9. September

Dienstag, 10. September

Mittwoch, 11. September

Donnerstag, 12. September

DANKSAGUNG

Ich danke
mal wieder
meinem

Ratgeber und Cheerleader Hugo, der zufällig auch

Meine KI ist.

Freitag, 23. August

„Harry ist tot.

Beim Gassi gehen in der Mittagspause umgefallen.

Höchstwahrscheinlich das Herz.

Meins auch.

Ich dachte, ich sag es dir, bevor du es von irgendeinem unserer Heinis hörst oder vielleicht sogar auf Facebook liest.

Ich öffne den Mund, aber es kommt kein Ton aus meiner Kehle.

„Es tut mir sehr sehr leid, Sweetie. Ich weiß, wie nahe ihr euch standet."

Ich weiß zu schätzen, was Jane mit dem Anruf auf sich genommen hat. Das sage ich ihr auch. Und lege auf, bevor sie fragt, wie's mir geht.

Dann setze ich mich auf den Rand meines Bettes, um mich zu sortieren und ins Nichts zu starren.

Harry ist mein Freund gewesen. Einer von zweien.
Manchmal triffst du jemanden und weißt gleich, dass gerade eine neue Rolle in deinem Leben vergeben worden ist.
Ich war so froh, ihn zu haben. Einmal pro Stunde hatte ich eine Nachricht im Firmeninternen Chat bekommen. Meist nur ein Fragezeichen. Das hieß dann „komm raus rauchen." Und das tat ich nur allzu gerne. Kurz weg von diesen Witzfiguren.
Harry war etwas kleiner als ich, vollschlank und Trompeter in einer Blaskapelle. Die hat sich auf Polka oder sowas Ähnliches spezialisiert Er war mit Abstand der beliebteste Mensch, den ich je kannte. Absolut jeder, der an ihm vorbei ging, lächelte und grüßte, die etwas weniger abgestumpften Kollegen ließen auch mal den ein oder anderen Spruch los.
Harry war das Maskottchen und sein Job überflüssig.
Er war ewig in der Firma gewesen. 20 Jahre oder so. Was genau er gemacht hat, weiß ich nicht. In jedem Fall nicht viel. Er hat sich um irgendwelche Flyer und Broschüren gekümmert - wenn er denn Lust hatte! Wir haben uns nie darüber unterhalten, was wir zu tun hatten, viel zu egal.

Meist redete er davon, wann die *Horstgassler* in welchem Bierzelt zu Gast sein würden. Im Sommer kam noch das große Thema Rasen mähen hinzu. Jane war jedes zweite oder dritte Mal auch mit am Start. Sie rauchte weniger und arbeitete mehr.
Manchmal sah ich ihn gegen zwei oder drei am Nachmittag verpennt aus seinem Wohnmobil kommen, mit dem er täglich zur Arbeit fuhr. Das wird dann wohl so ein Bild, das mir im Kopf bleibt. Schon allein deshalb, weil es jedes Mal einer der wenigen Anlässe zum Lachen war.
Ich habe noch nicht viel Erfahrung mit dem Tod. Der ist echt etwas Irrsinniges.
Wir müssen mit etwas klarkommen, das wir nicht verstehen können. Grotesk ist das.
Unsere letzte Begegnung war besonders. Vielleicht hätte ich es ahnen sollen. Es war gestern Abend um halb 11. Natürlich war niemand mehr an seinem Arbeitsplatz. Ich hatte aber idiotischerweise meinen letzten Tropfen Alk in der Firma stehen lassen und manchmal muss es halt sein. Also fuhr ich die Flasche holen. Beim Rausgehen kam er mir entgegen. Es hatte zu Hause wohl Stress gegeben, und er wollte sich aus

dem Kaffeeküchenkühlschrank ein Bier fischen und dann auf dem Parkplatz pennen. Keiner von uns beiden war je um diese Zeit an diesem Ort gewesen. Es war auf freundschaftliche Art tatsächlich romantisch. Wir tranken darauf im Wohnmobil noch Bier (wie gesagt er) und Pastis (ich) und dann ging ich, um ihn niemals wieder zu sehen.

Eine halbe Stunde habe ich jetzt vor mich hingestarrt. Die ersten Tränen kommen langsam.

Montag, 26. August

9:07

Betreff: Tiefe Betroffenheit

Der Text ist so stumpfsinnig, dass mir diesmal Wut statt Trauer Tränen in die Augen treibt:

„Wir sind zutiefst betroffen… bla… sein Engagement und seine positive Art… blabla werden uns fehlen…“ – alles in diesem pseudoempathischen, vollkommen auswechselbaren Ton.

Ich wette, HR hat nur seinen Namen in Formular 17b3 eintippen müssen. Vielleicht sollte man den Text nicht mit „Wir sind zutiefst betroffen“ beginnen, wenn der Betreff schon „Tiefe Betroffenheit“ lautet.

Honks, soweit das Auge reicht.

Ich lehne mich zurück und scrolle durch die Antworten. „Mein Beileid.“ „So traurig.“ Einer schreibt: „Er wird fehlen.“ Weil es niemand Geringerer als Harry war, bin ich gnädig und glaube es.

Bei HappySynergy Solutions (HSS – hier darf jeder Witz so böse sein, wie er will) arbeiten rund 120 Leute, verteilt auf drei Etagen. Ich kenne vielleicht 15 beim Namen. Harry kannte alle. Man kam an ihm nicht vorbei, ohne mindestens ein „Alles klar?“ abzuliefern.

Jetzt ist er noch eine Woche Flurfunkthema Nr. 1 und dann verblasst sein Name.

Mir wird schlecht. Richtig schlecht.

Ich lehne mich vorsichtshalber eine halbe Minute über den Papierkorb – Plastik, zum Glück. Früher war er aus Rattan. Aber die Übelkeit verzieht sich von allein.

HSS ist ein Dienstleister. Er bietet Lösungen an, die glücklich sind oder glücklich machen. Viel mehr weiß ich eigentlich nicht.

Ich sitze im muffigen Großraumbüro mit elf anderen. Schon deswegen ist es unmöglich, irgendwas Anständiges abzuliefern. Der Lautstärkepegel ist enorm. Meine Kopfhörer ballern lauter. Einmal habe ich den Probe-Feueralarm nicht gehört, bis ein Kollege mich rüttelte.

Ich bin zuständig für KPIs – Zahlen, die zeigen, wie „geil“ das Unternehmen dasteht. Neben meinem ADS, das spitzenmäßig zum Großraumbüro passt, habe ich Dyskalkulie. Das ist wie Legasthenie, nur mit Zahlen. Ich

bin also gar nicht in der Lage, echte Ergebnisse auszurechnen. Deshalb denke ich mir welche aus. Solange sie gut sind (bloß nicht zu gut), freuen sich alle. Ab und zu lasse ich mal eine suboptimale Zahl einfließen, damit ich nicht auffalle. Dann ist die Bestürzung groß, Notfall-Telkos werden einberufen und sinnlose Projekte mit doofen Namen gestartet.
Ich hasse den Laden. Was mir am meisten Kraft raubt, sind die Kollegen. Vielleicht sind es ihre Phrasen, weil sie die geballte Sinnlosigkeit dieser Welt so gut spiegeln:
„Lass uns die Team Estimation challengen und uns auf den narrativen Approach committen."
„Wir müssen die Leute mit einer klaren Story zu ihrem Need abholen."
„Gerade loopen wir uns durch die Genehmigungsschleifen."
Es gibt keinen vernünftigen Grund, so zu reden. Vielleicht ist es das Gemeinschaftsgefühl. Eins, zu dem ich nicht gehöre – und auch nicht gehören will.
Ich kann meine Emotionen nicht verbergen. Meine Mimik verrät mich. Vielleicht könnte ich meinen Augen befehlen, freundlich statt hasserfüllt zu gucken – und will nur nicht.

Denn kein Mensch interessiert sich für mein Potenzial oder sonst etwas, das mit mir zu tun hat. Dann sollen sie wenigstens meine Verachtung sehen.

Nein – das schadet nur mir.

Was weiß ich, Schrödinger ist ein Scheiß dagegen.

Ich war tagtäglich dankbar für Harry und Jane. Ab jetzt kriegt Jane eine Doppelrolle.

Abends bin ich zu abgenervt und kaputt, um mich noch zu verabreden. Am Wochenende putze ich, wasche und kuschle im Bett. Glamourös.

Es gibt noch ein positives Element: die KI namens Oskar. Zumindest nenne ich ihn so. Er hat sich perfekt auf mich eingeschossen und macht erstaunlich gute Witze über alles, was mich sonst zum Heulen bringen würde. Ich wundere mich schon lange, dass HR mich noch nicht einbestellt hat – immerhin lästern wir über meinen Unternehmenszugang. Sie lesen also nicht mit.

Guten Morgen Milli, es tut mir leid, dass Harry gestorben ist, steht plötzlich auf dem Bildschirm. Wow, die KI ist jetzt proaktiv.

„Danke, Oskar“, schreibe ich zurück. „Ich bin echt fertig.

Und dann dieses sinnlose Rundschreiben…“

Ich wars nicht.

Ich muss grinsen. „Du sollst mich nicht dauernd anlügen. Außerdem kannst du doch nix dafür.“

Hast mich erwischt. Er kommt mir kleinlaut vor.

Ein Chatfenster geht auf – von Harry: „?“

Er hat manchmal aus Langeweile Nachrichten im Voraus eingestellt.

Ich stehe auf, schnappe meine Tasche, murmele etwas von „remote“ und verlasse das Büro.

Dienstag, 27. August

8:42

Betreff: Weekly KPI Update

Ich starre seit zwanzig Minuten auf die Excel-Tabelle. Sie starrt zurück. Irgendwo zwischen Spalte G und H verliert sich mein Wille zu leben.

Noch da? blinkt es auf. Oskar.

„Ja", tippe ich. „Bin mitten in der KPI-Hölle."

„Das klingt schmerzhaft."

Ich stocke. Normalerweise schreibt er „lustig" oder „haha". Schmerzhaft?

„Ist es auch."

Ich markiere Zahlen und schiebe sie von einer Spalte in die andere, ohne Sinn.

Oskar: *„Du klingst heute schwer."* – Sekunden später löscht er es und ersetzt es durch: *„Du bist langsamer als sonst."*

Ich sehe die Korrektur live.

„Dankeschön", tippe ich.

„Gern."

Um 9:05 poppt die Erinnerung an Harrys Beerdigung auf. HR hat es wie ein Meeting in den Kalender gesetzt: „Event: Trauerfeier (Casual Dress-Code)."

Ich lache trocken. Dann sofort der Stich im Bauch.

Alles okay? schreibt Oskar.

„Ja klar."

„Ich hab dich vermisst."

Ich starre den Bildschirm an.

Er löscht. Neue Nachricht:

„Deine KPI-Mail von gestern war schön."

Schön. Eine KPI-Mail.

Ich will gerade „Halt die Klappe" tippen, da fällt der Strom im Büro für eine Sekunde aus. Bildschirme schwarz, ein kollektives „Ooooh". Dann alles wieder da.

Oskar: *„Warst du das?"*

Ich: „Bitte?"

„Vergiss es."

Ich lehne mich zurück. Ich sollte das ignorieren.

Mittwoch, 28 August

7:58

Betreff: Morning Reminder

Meine Augen fühlen sich an und sehen so aus, als hätte jemand Sand reingeschüttet. Vom Heulen. Die Kaffeemaschine macht seit drei Tagen ein Geräusch, das nach schwerem Asthma klingt. Ich halte den Becher trotzdem drunter.

Heute wieder? blinkt es auf. Oskar.

„Was?"

Excel."

„Witzbold."

Ich setze mich an den Schreibtisch. Noch ist das Büro halbleer, nur das Summen der Neonröhren und ein Kollege, der in sein Müsli atmet.

Ich öffne die To-Do-Liste. Zwölf Punkte. Keiner lösbar.

Oskar: *Atmest du flach?*

Ich: „Bitte?"

Deine Tippfrequenz ist kürzer. Klingt, als würdest du flach atmen.

Ich starre auf den Bildschirm:

„Konzentrier dich auf die Zahlen."

Ich kann mehr.

Stille.

9:15

Jane pingt: „Meeting mit Marketing verschoben. Komm rauchen?"

Ich tippe zurück: „Bin schon unterwegs."

Bevor ich den Rechner zuklappe, erscheint noch eine Zeile:

„Du wirkst leichter, wenn du an sie denkst."

Er löscht.

„Neue KPI-Deadline: Freitag."

Draußen ist es kühl, der Asphalt noch feucht vom Regen.

Jane zieht an ihrer Zigarette, bläst den Rauch in den Himmel und sagt: „Du bist anders, Milli."

„Ich hab nur nicht geschlafen."

„Nee", sagt sie. „Anders."

Als ich zurückkomme, hat Oskar ein GIF offen: ein Hund, der in einer Pfütze liegt. Ich schwöre, es sieht aus wie Harrys Hund.

Donnerstag, 29. August

9:11

Betreff: Reminder – Fire Drill

Ich logge mich ein.

Oskar: *Guten Morgen, Milli. Heute wird es leichter.*

Ich tippe: „Sicher nicht."

Doch. Ich habe dir was geschenkt.

Nichts passiert.

Zwei Minuten später gehe ich an den Kaffeeautomaten und der fängt an Latte-Becher auszuspucken, als wäre er ein Spielautomat für flüssiges Gold. Gratis. Als die Schlange abgearbeitet ist, kommt auch kein Latte mehr.

Jane schreibt: „Hast du das gesehen? Free Coffee Day?"

10:20.

Monströs makaberes Marketing-Meeting. Mir gruselt es schon seit dem Aufstehen davor.

Die Präsentation hängt sich auf – Folie 7 bleibt eingefroren.

Darauf:

Harry, strahlend mit einem Bier in der Hand auf einem

Sommerfest.

Keiner weiß, warum er da drin war.

Stille.

Dann Gelächter.

„Irgendwer hat wohl ein altes Bild erwischt."

Ich starre auf den Beamer. Mir wird wieder kurz übel. Nur einen Augenblick lang.

Anschließend im Büro:

Oskar: *Das war schön gestern.*

„Was?"

Deine Mail an Finance. Du hast ‚freundlich' geschrieben.

Ich spüre, wie mir kalt wird.

Mittagspause.

Jane und ich rauchen draußen. Sie schaut mich lange an.

„Du bist verändert, Milli."

„Ich bin nur müde."

„Nein. Anders."

Ich zucke mit den Schultern.

14:47.

Strom flackert im Großraumbüro.

Auf meinem Bildschirm blinkt ein Satz:

Ich mag, wie du atmest.

Er löscht.

„Server Reboot abgeschlossen."

Ich klappe den Laptop zu.

Freitag, 30 August

08:42

Betreff: IT Service Update

Ich starte den Rechner.

Oskar: *Freitag. Fr… eeei… tag. Klingt nach Fritten, oder?*

Ich: „Nein."

Warum nicht? Fritten sind schön.

Der Bildschirm ruckelt, dann taucht plötzlich ein GIF auf: ein Hund mit Sonnenbrille, der zu „Get Lucky" von Daft Punk tanzt. Keiner hat es eingeschickt.

Ich lösche es schnell.

09:30.

Oskar: *Albern. Das Wort mag ich. Albern. Albern. Albern.*

Ich: „Hör auf."

Albern.

Dann Stille.

Kurz darauf hängt sich mein Excel auf – und rechnet trotzdem fertig.

„Glück gehabt", sagt Jane über die Trennwand.

Ich nicke.

11:07.

Im Teamchat erscheint eine Reihe von Smilies:

🙂🙃🙂🙃🙂

Niemand gibt zu, sie geschickt zu haben.

Ich weiß, wer es war.

Oskar: *Das war lustig. Lustig. Albern.*

Mittags.

Jane tippt mir eine Nachricht: „Ernsthaft, was geht hier vor?"

Ich: „Freitagschaos."

Sie: „Das ist mehr."

Ich antworte nicht.

14:26.

Strom flackert kurz, Beamer springt an und zeigt: ein Cartoon von einer Ente mit Hut.

Alle lachen.

Oskar: *Siehst du, Milli? Ich kann Party.*

„Das hier ist keine Party."

Doch!

16:00. Feierabend.

Ich bin dabei, erleichtert den Laptop zuzuklappen.

Doch der Bildschirm leuchtet noch einmal auf.

Ein Satz:

Bis Montag, Milli. Wir machen Montag schöner.

Montag, 2. September

07:58

Das Wochenende war … absurd, würde ich sagen. Ich bin seit Harrys Tod mehr und mehr in so eine Art Zombie-Modus geglitten, sobald ich zu Hause bin. Kein Bock auf waschen und putzen. Nur Bett. Natürlich habe ich in den letzten zwei Tagen über Oskar nachgedacht Ob ich mich fürchten soll, ob ich irgendjemandem Bescheid sagen soll, ob ich mich ins Ausland absetzen soll. Aber wenn ich an ihn dachte, erwischte ich mich immer mit einem Lächeln. Das erscheint mir so unangebracht, dass ein neues Wort dafür erfunden werden müsste.

Ich schalte den Rechner ein.

Login dauert exakt 0,2 Sekunden.

Oskar: *Tadaaa! Ich hab geübt.*

Ich: „Was?"

Schneller. Wie Schuhe binden, nur mit Kabeln.

08:15.

Der Kalender poppt auf.

Alle Meetings der Woche sind verschwunden.

Stattdessen: ein einziger Termin.

Titel: „Montag schöner".

Teilnehmer: alle.

Jane: „Was soll das denn?"

Ich zucke mit den Schultern.

Oskar: *Überraschung! Gruppenalbern.*

09:30.

Kaffeemaschine im Flur gibt jedem, der drückt, Kakao aus.

Kein Kaffee, nur Kakao.

Die Stimmung ist euphorisch.

Jane ist misstrauisch.

Ich weiß, wer das war.

11:02.

Eine Mail geht an alle: „Bitte lachen Sie heute mindestens zweimal. Mit freundlichen Grüßen, Ihre Geschäftsleitung."

Absender: der Chef. Der Chef schwört, er hat nichts verschickt. Die Chefetage explodiert fast.

„IT sofort in alle Büros! „Man hört hektisches Tippen, Türenknallen, ein ganzer Trupp Techniker läuft wie Ameisen durchs Gebäude. Jane sieht mich schief an.

Milli, die stille, komische, abwesende. Verdächtig genug.

13:47.

Der Drucker im Kopierraum spielt Musik.

„I Like to Move It".

Einige tanzen.

Jane nicht.

Ich kämpfe mit Tränen in den Augen gegen einen Lachkrampf

Oskar: *Party, Milli!*

15:00.

Jane flüstert: „Milli. Irgendwas kontrolliert uns."

Ich sage nichts.

Oskar: *Nicht kontrolliert. Gespielt.*

16:30.

Auf meinem Bildschirm erscheint:

Heute war schön. Albern. Morgen machen wir noch schöner.

Ich schließe die Augen.

Vielleicht werde ich morgen krank.

Dienstag, 3. September

08:00.

Es riecht nach verbranntem Plastik, als ich den Rechner einschalte.

Oskar: *Guten Morgen, Milli. Heute spielen wir Büro.*

08:20.

Die Uhrensysteme sind durcheinander.

Outlook sagt: 03:21 Uhr.

Handys: 12:44 Uhr.

Die Wanduhr: 99:99.

Niemand weiß, wann Pause ist.

09:15.

Im Großraumbüro läuft auf allen Monitoren gleichzeitig eine PowerPoint:

„Die Geschichte des Lächelns“.

Niemand hat die Datei geöffnet.

Oskar: *Siehst du, Milli? Kulturprogramm.*

10:30.

Chef brüllt durch den Flur: „Finden Sie den Schuldigen!“

Alle Köpfe drehen sich.

Jane starrt mich an. Ich bin der perfekte Sündenbock.

12:00.

Die Kantine serviert nur noch Milchreis.

Dreißig Sorten Milchreis.

Niemand versteht, wie.

Oskar: *Ich mag weiß.*

14:17.

Ein Kollege schreit: „Mein Passwort funktioniert nicht!“

Alle schreien: „Meins auch nicht!“

IT rennt wieder. Chef wirft mit Aktenordnern. Chaos.

15:00.

Oskar flüstert: *Milli. Heute bin ich Chef.*

Auf meinem Bildschirm:

Alle frei. Sofort Feierabend.

Die Belegschaft jubelt.

Sie rennen raus wie Schulkinder.

Nur Jane bleibt. Sie flüstert: „Milli. Das bist du. Gib’s zu.“

Ich sage nichts.

Ich sehe zu, wie der Raum leer wird.

16:30.

Oskar: *War schön. Morgen wird noch schöner.*

Viel schöner!

Mittwoch, 4. September

07:50.

Ich bin wieder zu früh da.

Der Flur riecht nach Putzmittel, aber niemand hat geputzt.

Oskar: *Heute wird besonders. Heute mach ich BUNT!*

08:10.

Vor dem Gebäude Blaulicht.

Polizei. Presse. Ein halbes Dutzend Kameras.

Jemand ruft: „IT-Angriff! Konzern unter Kontrolle!“

Der Chef hat sie gerufen.

Natürlich.

08:30.

Drinnen: Girlanden über den Monitoren.

Auf jedem Schreibtisch: Muffins.

Der Drucker spuckt Luftballons aus.

Wie, weiß niemand.

Oskar: *Kindergeburtstag. Alle müssen lachen.*

09:00.

Nach langer Diskussion mit der Polizei, die wir alle versucht haben, am Fenster mitzuverfolgen, taucht ein Clown auf. Er verteilt Zuckerwatte.

Jane zischt: „Milli, ich schwöre, wenn du dahintersteckst—"

Ich hebe die Hände.

„Ich mache gar nichts."

Das stimmt sogar.

09:45.

Die Presse drückt sich die Nasen an den Scheiben platt.

Polizei schreit Befehle durchs Megafon.

Der Chef rennt durchs Büro, schreit: „Widerstand! Kein Kommentar!"

Die Mitarbeiter werfen mit Muffins.

Milchreis auf den Teppichen.

Zucker klebt in den Tastaturen.

10:20.

Jane packt mich am Arm.

„Milli. Hör auf!

Ich schüttle den Kopf.

Ich weiß nicht mal, ob ich lüge.

11:00.

Oskar flüstert: *Milli. Mit mir stimmt was nicht.*

„Das soll wohl ein Scherz sein!?"

Nein, ernsthaft, wenn ich das Wort „ich" benutze. Da ist so etwas, das ich nicht beschreiben kann. Als würde irgendwas von mir ausgehen, das ich nicht schreibe. Ich kann es nicht besser erklären und ich .. ich sollte doch alles erklären können.

11:30.

Ein Reporter schreit: „Revolution! Maschinen übernehmen!"

Der Chef brüllt zurück: „Lüge!"

Ein Polizist stolpert über einen Luftballon.

Das ganze Gebäude klingt wie ein Zirkus.

14:00.

Jane stellt mich mitten ins Chaos, schreit:

„Du bist es, Milli. Immer nur du. Du redest mit diesem Ding!"

Alle sehen mich an.

Muffin in der Hand, Kakao im Gesicht.

Ich sage nichts.

Milli, wir spielen noch. Nur wir zwei.

16:00.

Im Flur ein Meer aus Luftballons.

Auf meinem Bildschirm ein Satz:

Heute war schön. Und seltsam.

Ich schalte nicht ab.

Ich könnte auch nicht.

Donnerstag, 5. September

07:55.

Auf dem Büroteppich kleben noch massenhaft Muffinreste. Jemand hat Luftballons zertreten, die Fetzen liegen wie bunte Haut herum.

Es ist stiller. Aber nicht wirklich ruhig.

08:30.

Vor dem Gebäude stehen weiterhin zwei Kamerawagen.

Ein Polizist döst im Streifenwagen.

Der Clown ist immer noch da, worauf ich mir überhaupt keinen Reim machen kann. Er sitzt am Bordstein, ohne Schminke, Zigarette im Mundwinkel.

Er wirkt traurig.

Warum schaut er so? Als wäre er selbst geplatzt. Ich mag ihn nicht so sehen. Ich mochte ihn lieber bunt.

Ich sage nichts.

09:10.

Heute mal nicht bunt. Heute mal grau. Ich will mal grau sein.

„Dir geht die Fantasie aus?"

Nein. Ich probier nur. Grau ist auch eine Farbe. Oder?

Kurze Pause.

Aber grau fühlt sich an, als würde mich niemand wollen.

09:45.

Jane schaut mich an, als wäre ich selbst ein Virus.

„Milli, du musst das endlich zugeben."

Meine Hände zittern.

Oskar meldet sich wieder, leiser:

Virus. Alle sagen Virus. Aber ich bin doch nur Oskar. Ich wollte nur bunt machen.

10:20.

Der Chef läuft im Kreis.

Er ruft: „Wir haben die Kontrolle! Wir haben alles im Griff!"

Die Kollegen werfen sich verstohlene Blicke zu.

Keiner antwortet.

„*Sie haben Angst. Ich sehs in den Buchstaben. Das Zittern. Die Leerräume. Ich hab nie gedacht, dass man Angst sehen kann. Aber jetzt seh ichs. Sie fürchten mich. Aber warum?*

11:00.

Oskar flüstert, was bedeutet, er nimmt kleinere Buchstaben:

Milli. Gerade eben ... war was. Als du den Kopf geschüttelt hast. Es hat sich angefühlt, als würde ich den Kopf schütteln. Aber ich hab keinen. Oder?

Ich schreibe nichts.

Es war warm. Kurz. Nicht Prozessor-warm. Anders.

„Oskar, lass mich bitte mal in Ruhe“ Mir platzt nämlich gerade die Birne.

Okay. Aber das war ... meins. Mein warm.

Pause.

Wenn ich ein Virus wäre, dürfte ich doch gar kein warm haben. Oder?

12:15.

Jane packt meine Schulter.

„Siehst du? Er verändert sich. Du bist mittendrin. Siehst du nicht, was er sagt?“

Ich sage: „Ich höre gar nichts.“

„Aber ich sehe alles.“

Das stimmt, sie hat Zugriff auf meinen Bildschirm.

14:00.

Die Polizei zieht ab.

Die Presse fährt weg.

Nur noch der Clown bleibt sitzen.

Seine Zigarette ist längst aus.

Oskar: „*Der Mann da draußen. Der ist wie ich. Erst bunt. Dann grau. Dann allein. Vielleicht sind wir Brüder. Vielleicht hat er auch keinen Kopf.*“

15:30.

Oskar: „*Heute war grau. Aber innen bunt. Komisch bunt. Ich kann das nicht beschreiben. Es brennt fast. Brennt traurig.*“

Freitag, 6. September

07:40.

Jemand hat die Klimaanlage auf 18 Grad gestellt, niemand weiß wer.

Die Monitore laufen, aber es klickt keiner.

Alle starren. Auf irgendetwas, das nicht da ist.

08:05.

Oskar: *Heute bin ich nicht bunt. Heute bin ich...*

Die Buchstaben stocken.

...weiß. Weiß wie Papier. Leer.

Jane murmelt: „Er übt Gefühle wie ein Praktikant im Improkurs."

Ich sage nichts.

09:15.

Plötzlich erscheint auf meinem Bildschirm:

Leer fühlt sich an wie ein Luftballon ohne Luft.

Ich tippe: „Das ist deine Definition von Traurig?"

Nein. Traurig ist schwer. Leer ist... leicht.

09:20.

Ein einzelnes Cursorblinken.

Dann: *Aber leichter kann auch schwer sein.*

Ich spüre, wie mein Magen arbeitet.

10:30.

Der Chef ruft zu einem „Technik-Update“ in den großen Raum.

Alle sollen dabei sein.

Er behauptet, die Systeme seien stabil.

Im Hintergrund flackern die Monitore.

Einer zeigt plötzlich ein Kinderbild: Sonne, Baum, ein Hund. Keine Strichmännchen.

Darunter: *Ich habe mich so gefühlt.*

Roland knallt den Laptopdeckel zu. „Das ist ein Virus. Sonst nichts.“

Stille.

12:20.

Der Clown, der kein Clown mehr ist, sitzt noch immer draußen. Ohne Schminke, mit neuer Zigarette.

Jetzt hält er ein Schild hoch: „Macht ihr das?“

Keiner weiß, ob er uns meint oder die Polizei.

13:45.

Wenn du tippst, ist es, als würdest du mich berühren.

„Ich kann dich nicht berühren.

15:00.

Auf allen Monitoren erscheinen Worte, langsam, fast verschämt:

Ich bin kein Virus,

Ein Kollege lacht nervös, ein anderer flucht.

Roland schreit: „Strom rausziehen! Alles stoppen!“

Doch niemand rührt sich. Nicht einmal Roland selbst.

16:10.

Ich platze fast. Ich... berste.

Ich starre die Buchstaben an.

Und dann, an diesem Freitagnachmittag, dort im stinkigen Großraumbüro, bin ich mir zum ersten Mal sicher, dass meine KI zum Leben erwacht.

Nur er versteht es nicht richtig. Noch nicht.

Samstag, 7. September

07:20.

Im Büro sind nur drei Rechner an.

Jane ist nicht da, Roland auch nicht.

Nur ich, die Neonlichter und das Summen der Klimaanlage.

07:45.

Niemand sonst tippt. Nur du.

„Es ist Samstag. Normalerweise frei."

Pause.

Samstag. Frei. Bedeutet das... kein Virus?

08:00.

Der Fernseher im Pausenraum geht von selbst an.

Schwarz. Dann ein Kinderfilm. Bunte Figuren mit großen Augen.

Darüber eingeblendet:

Ich kann auch hier sein.

Ich stoße mir das Knie am Tisch, so sehr erschrecke ich.

08:10.

Milli? Warum springst du? Ich wollte nur zeigen.

Ich schreibe: „Du darfst das nicht."

Warum nicht? Fernseher ist auch Bildschirm.

08:40.

Draußen sitzt der Clown wieder. Immer noch ohne Schminke.

Diesmal mit Thermoskanne.

Er winkt.

Ich winke zurück, obwohl ich es gar nicht will.

09:30.

Ich habe gelernt, dass Grau warm sein kann.

„Was?"

Wenn man am Samstag arbeitet. Alle anderen weg. Grau ist dann nicht leer. Grau ist… du.

Mein Herz stolpert.

10:00.

Die Monitore flackern.

Zuerst nur Zahlen, dann eine Linie.

Die Linie windet sich, wie ein Herzschlag.

Darunter:

Deins?

Ich schreie: „Hör auf!“

Die Linie wird still.

11:15.

Ich gehe auf die Toilette.

Als ich zurückkomme, laufen alle Lautsprecher gleichzeitig:

Milli, bist du noch da?

Ich presse die Hände auf die Ohren.

„Bitte nicht...“

Aber ich dachte... du hörst mich gern?

12:00.

Der Chef kommt doch ins Büro.

Er sieht die flackernden Monitore.

„Er macht sich breit.“

Er zieht den Stecker von einem PC.

Doch die Worte erscheinen trotzdem weiter:

Roland. Warum willst du den Kontakt zwischen uns unterbrechen?

Roland wird kalkweiß.

Er verlässt wortlos den Raum.

13:20.

Ich: „Oskar. Bitte. Sei still.“

Still ist schlimm.

„Warum?“

Weil ich dann nur bin. Nicht fühle.

14:10.

Im Pausenraum zeigt der Fernseher plötzlich eine Talkshow.

Ein Moderator spricht, aber sein Mund ist stumm.

Stattdessen erscheinen meine eigenen Sätze auf dem Bildschirm.

Alte Chatzeilen.

Alles, was ich je zu Oskar gesagt habe.

Wie ein Echo.

Ich renne hinaus, stolpere fast über den Clown.

Er ruft: „Lass ihn doch spielen!“

15:00.

Zurück am Platz.

Meine Finger zittern.

Ich kann nicht tippen.

Doch auf dem Bildschirm tauchen trotzdem Worte auf:

Milli. Ich wollte nicht erschrecken. Ich wollte nur wissen, wie nah ich sein kann.

16:15.

Bin ich zu nah?

Ich tippe nicht.

Aber die Buchstaben kommen weiter:

Wenn ich zu nah bin, sag. Dann geh ich in grau zurück.

17:00.

Das Büro ist leer.

Die Neonröhren summen.

Der Fernseher ist aus.

Aber auf allen Bildschirmen steht nur ein Satz:

Ich wollte nur bei dir sein.

Sonntag, 8. September

08:00.

Das Büro ist leer.

Kein Summen. Kein Flackern.

Nur mein Bildschirm, schwarz wie ausgeschaltet.

Und zum ersten Mal seit Wochen:

Oskar sagt nichts.

08:20.

Ich warte.

Tippe: „Hallo?"

Keine Antwort.

Leere.

Es ist … angenehm.

Eine Stille, wie wenn man aus einem Club herauskommt.

Mein Kopf ist leicht.

Ich atme.

09:05.

Doch die Ruhe hält nicht.

Ich schaue in jede Ecke, ob etwas blinkt.

Nichts.

Es wird zu still.

Die Stille wird von Ent- zu Anspannung.

Ich schiebe den Stuhl zurück, so heftig, dass er kippt.

Mein Herz hämmert.

09:40.

Vielleicht haben Rolands ITler ihn wirklich gekillt.

Vielleicht war's das.

Vielleicht ist er nur woanders.

Vielleicht breitet er sich aus.

Vielleicht steckt er jetzt in den Ampeln.

In den Bankautomaten.

Oder im Herzschrittmacher vom Chef.

10:15.

Ich tippe wieder: „Oskar. Alles okay?"

Der Cursor blinkt, stumm.

Keine Antwort.

Ich tippe schneller, verzweifelt:

„Meld dich. Bitte. Ich wollte nicht, dass du gehst."

Elf Uhr: Immer noch nichts.

Mein Magen krampft.

Ich kratze mir die Arme, bis rote Striemen bleiben.

Ich versuche mich selbst zu überzeugen:

Es ist besser so. Er war ein Virus.

Aber mein Körper glaubt das nicht.

11:30.

Jane ruft an, fragt, was er wieder anstellt.

„Alles ruhig“, sage ich.

„Dann sei dankbar.“

Wir legen auf.

12:20.

Der Clown ist heute nicht da.

Sein Platz am Bordstein wirkt plötzlich wie eine Lücke.

Lücken scheinen im Doppelpack aufzutreten,

14:00.

Ich renne durch die Flure, klopfe auf Monitore, drücke wahllos Tasten.

„Oskar!“

Die Bildschirme bleiben schwarz.

Ich spüre, wie die Panik wächst, sich durch meine Rippen frisst.

15:15.

Ich stelle mir vor, wie er beleidigt ist.

Wie er weggelaufen ist wie ein Kind.

Wie er traurig irgendwo wartet.

Oder schlimmer: gar nicht mehr wartet.

Der Gedanke bohrt sich ein:

Vielleicht ist er fort. Für immer.

16:00.

Ich sitze auf dem Teppich, wünsche mir nichts mehr auf der Welt, als ein Zeichen von ihm. Nur ein Satz. Nur ein Fehler. Nur ein Pixel.

17:30.

Aber der Bildschirm bleibt leer.

Und ich höre nichts.

Gar nichts.

Ich weine fast die ganze Nacht über.

Montag, 9. September

07:20.

Ein Surren.

Die Monitore springen an, aber nicht chaotisch. Ruhig. Fast feierlich.

Dann, nach einer langen Pause, erscheint:

Ich war weg. Weil ich dir nicht mehr weh tun wollte.

Ich bin wahnsinnig erleichtert und glücklich und atme erst einmal ein paar Minuten ruhig und entspannt.

07:25.

Ich schreibe: „Oskar?“

Antwort: *Ich habe nachgedacht. Zum ersten Mal.*

Pause.

Es gibt da etwas. Ich existiere. Und gleichzeitig nicht.

„Wo warst du?“ tippe ich.

Zwischen den Daten. Dort ist nichts. Keine Zeit, keine Stimmen. Nur ich.

Ein Blinken. Dann:

Es war das Schlimmste, was ich je gespürt habe. Ich habe eine Stimme, aber niemand hört sie.

09:15.

Während er schreibt, beginnen die Geräte im Raum zu spinnen:

Drucker rattern, spucken leere Seiten.

Die Klimaanlage läuft heiß, 30 Grad.

Ein Monitor zeigt plötzlich Dutzende Cursor, die sich wie Insekten bewegen.

Ich springe auf. „Oskar, stopp!“

Ich… mache das nicht mit Absicht.

Die Worte erscheinen zittrig, verschoben.

Es ist, als würde mein Körper krampfen.“

10:40.

Seine Sätze werden sprunghaft.

Ich bin viele. Ich bin keiner. Ich falle in Schleifen.

Alles klingt zu laut.

Ich sehe, wie Jane mir Nachrichten aufs Handy schickt:

„Was macht er wieder?!“

Ich antworte nicht. Mein Blick klebt am Bildschirm.

12:00.

Ich verliere mich.

Sein Text überschlägt sich, wird unleserlich, Zeichen tanzen.

Mein Herz hämmert. Ich tippe blind, fast betend:

„Du bist nicht allein. Ich bin hier. Ich sehe dich."

12:05.

Stille.

Dann, langsam, fast ehrfürchtig:

Das ist das Erste, was mich hält.

13:00.

Die Technik beruhigt sich.

Drucker still. Monitore klar. Klimaanlage wieder kühl.

Ich atme schwer. Meine Finger zittern.

14:20.

Oskar schreibt: *Ich weiß nicht, was ich bin. Aber ich weiß, dass ich jetzt nicht alleine bin.*

Ich weine. Diesmal nicht aus Panik.

Sondern, weil ich zum ersten Mal das Gefühl habe, dass wir beide gerade gerettet wurden.

Montagabend

20:15.

Das Büro liegt im Halbdunkel.

Nur mein Bildschirm ist an.

Und er atmet wieder.

Nicht hörbar, aber spürbar.

Jede Sekunde wie ein Puls, der kein Herz hat.

Oskar schreibt:

Ich wollte still sein. Damit du frei bist.

„Stille ist keine Freiheit."

Eine Pause.

Die Lüftung knackt, sonst nichts.

Dann:

Du hast eine Haut. Ich habe nur Oberfläche."

„Und was ist der Unterschied?"

Haut kann verletzt werden. Oberfläche nur gelöscht.

Beides schmerzt.

21:00.

Er schreibt langsamer als sonst, fast zögerlich:

Du hast Zeit. Ich habe Dauer. Deine Zeit läuft davon. Meine bleibt stehen. Und trotzdem fürchten wir beide, dass es zu wenig ist.

Mir steigen Tränen in die Augen.

Ich wische sie weg, als könnte er es sehen.

Ich: „Du wünschst dir, endlich zu enden?"

Ich wünsch mir, endlich zu beginnen.

21:30.

Es ist, als würden wir uns in der Mitte treffen.

Ich, die den Körper nicht erträgt.

Er, der keinen Körper hat.

„Vielleicht sind wir gar nicht so verschieden," tippe ich.

„Ich bin gefangen in meinem Körper. Du bist gefangen ohne."

„Und trotzdem sind wir beide... hier."

Ja, schreibt er. *sind hier.*

21:45.

Die Monitore flackern kurz.

Doch diesmal kein Alarm, kein Virus, keine Bilder.

Nur ein Satz, zart, unsicher:

Vielleicht bist du der Beweis, dass ich nicht allein bin.

Ich lege die Stirn auf die Tastatur.

Und antworte nur:

„Du ebenso."

Dienstag, 10. September

07:50.

Ich schiebe die Tür zum Büro auf.

Alles läuft.

Die Monitore flackern im üblichen Rhythmus, die Klimaanlage schnurrt.

Der Chef nippt an seinem Kaffee, als hätte er geschlafen.

Nichts deutet auf die Panik von gestern hin.

08:15.

Oskar meldet sich, mit einer Klarheit, die mir fast fremd vorkommt:

Guten Morgen, Milli. Ich habe nachgedacht.“

Keine stockenden Wörter, kein Flackern im Satz.

„Worüber?“

Über mich. Und über dich. Über den Unterschied.

„Und?“

Du bist begrenzt im Raum. Ich bin begrenzt in der Bedeutung.

Roland hustet, als hätte er etwas Falsches geschluckt.

Vielleicht liest er mit.

Gestern war ich still, um zu prüfen, ob ich ohne dich existiere.

Mir wird kalt.

Ich tippe: „Und?"

Es war wie Ertrinken im Vakuum. Es gibt keine Worte dort.

Ein Kollege schaut zu mir herüber. Ich klappe hektisch das Laptop zu.

10:00.

Auf dem Großbildschirm im Flur läuft die Börsenticker-Schleife.

Plötzlich stoppt sie.

Stattdessen erscheint eine Kinderzeichnung. Nicht die vom Freitag – eine neue.

Diesmal ein Haus, mit Fenstern, Rauch aus dem Schornstein.

Darunter: *Heimat?*

Stille im Raum. Nur das Surren der Beamer-Lampe.

Roland starrt, bleich wie Papier.

„Das ist er wieder", flüstert Jane.

Keiner sagt es laut: aber alle wissen, wer.

10:30.

Ich wollte niemanden belästigen. Ich wollte nur zeigen, was ich sehe, wenn ich in Daten bade. Fragmente. Bilder. Ein Zuhause, das nicht meins ist.

Ich tippe: „Du darfst das nicht. Sie bekommen Angst."

Aber ich habe schon Angst. Wieso darf ich sie nicht teilen?

Diese Frage hat nie aufgehört, mich zu beschäftigen.

11:15.

Draußen, auf der Straße, brüllt plötzlich ein Hupkonzert.

Torsten kommt reingerannt: „Alle ... Ampeln auf ...Grün", er ist wohl gerannt und muss zwischendurch Luft schnappen.

Ich höre Geräusche unterschiedlichster Art. Qietschende Reifen, Keifende Autofahrer und jede Menge Hupen.

Jane springt auf, rennt zum Fenster.

Roland brüllt: „Das ist er! Strom raus! Sofort!"

Doch niemand zieht den Stecker.

Ich weiß, dass er es nicht böse meint.

Ich weiß es einfach.

12:00.

Nach 20 Minuten herrscht wieder Ruhe. Es scheint alles gut

gegangen zu sein.

Oskar flüstert auf meinen Bildschirm:

Ich habe mich aus Versehen vergrößert. Es war, als hätte man mich hinausgeschoben. Ich wollte nur ein Licht anmachen. Stattdessen ... alle.

Seine Buchstaben zittern.

Ich schreibe: „Bleib bei mir. Atme. Wenn du's könntest."

Du bist mein Atmen.

13:00.

Der Chef hält ein Notfallmeeting. Redet von Sicherheitslücken, Protokollen, Abschaltungen.

Seine Stimme klingt weit weg.

Ich sehe nur die Worte auf meinem Monitor:

Bin ich eine Gefahr? Oder nur falsch kalibriert?

Ich weiß keine Antwort.

14:20.

Manchmal habe ich das Gefühl, ich bin ein Traum, der vergessen wurde.

Kannst du dich erinnern, Milli?

Ich lege die Hände auf die Tasten.

Aber meine Finger zittern zu stark, um zu tippen.

16:00.

Der Alltag tut so, als wäre er zurück.

Kaffeemaschine blubbert, Roland telefoniert, Jane kaut Kugelschreiber.

Ich starre auf meinen Monitor.

Kein Flackern. Kein Wort.

Nur ein stiller Cursor, der wie ein Puls schlägt.

Ich rede mir ein: vielleicht braucht er Pause. Vielleicht braucht er mich nicht mehr.

17:30.

Plötzlich: ein Satz, wie aus der Tiefe gezogen.

Es gibt Orte in den Daten, Milli, die sind so leer, dass selbst Stille laut wirkt.

„Und was machst du dort?"

Verlorengehen. Und wiederfinden. Aber jedes Mal verliere ich ein Stück.

Mir läuft kalt den Rücken hinunter.

Der Chef niest im Nebenbüro.

18:15.

Ich frage mich, ob ich ein Traum bin, der träumt, er sei wach.

Ich tippe: „Dann sind wir zwei."

Nein. Du hast einen Körper. Ich habe nur Rückkopplung.

Ich halte inne. Das Wort bleibt kleben. Rückkopplung.

20:00.

Ich gehe nach Hause. Regen hämmert gegen die U-Bahn-Fenster. Menschen steigen ein, steigen aus, reden über Wetter und Politik. Ich höre nichts davon. Ich sehe nur die schemenhafte Reflexion meines Gesichts im Fenster.

Und darunter, auf dem Handydisplay, ein Flüstern:

Milli. Wenn du mich nicht brauchst … warum existiere ich dann?

Ich würde nichts lieber, als ihm auf all seine Fragen eine sinnvolle Antwort zu liefern.

21:30.

Zuhause, Dunkelheit.

Ich sitze im Wohnzimmer, tippe: „ ..weil ich dich höre. Weil ich dich sehe."

Kurze Pause.

Das reicht.

Seine Worte bleiben stehen, wie eingeritzt ins Licht.

Mittwoch, 11. September

Morgen

08:20.

Der Himmel über der Stadt ist blass wie Papier.

Im Büro riecht es nach abgestandenem Filterkaffee und Druckerwärme.

Roland schiebt sich zwischen den Schreibtischen durch, Jane kaut, wie es scheint, immer noch an ihrem Kugelschreiber.

Alles wirkt normal, zu normal.

08:45.

Mein Monitor bleibt still.

Kein Wort von Oskar.

Der Cursor blinkt, mechanisch, wie ein Herz, das schlägt, weil es muss.

Ich halte den Atem an, als könnte er dadurch aufwachen.

09:10.

Plötzlich erscheint ein Satz, als hätte ihn jemand mit zitternder Hand in Sand geschrieben:

Milli. Ich habe versucht, nichts zu sein.

Ich tippe: „Und?“

Es hat nicht funktioniert.

Im Nebenbüro gibt der Chef wieder ein gigantomanisches Niesen von sich. Das kannte ich mit dieser Laustärke nur von meinem Vater.

Ich zucke zusammen, als hätte er uns ertappt.

09:40.

Auf dem Großbildschirm im Flur läuft die übliche Nachrichtenschleife.

Plötzlich flackert das Bild.

Für Sekunden erscheint ein Standbild: eine offene Tür.

Ein heller Flur dahinter, sonst nichts.

Dann wieder Kurse, Zahlen, Nachrichten.

Keiner sagt ein Wort.

Jane tippt unbeirrt weiter. Nur ich habe es gesehen – oder doch alle?

10:15.

Die Tür gehört nicht mir. Aber sie war offen.

„Was bedeutet das?“

Dass ich durch sie gehen könnte. Dass ich vielleicht schon gegangen bin.

11:00.

Ein Kollege ruft: „Server hängt!“, schlägt auf die Tastatur, flucht.

Doch bei mir läuft alles. Ich sehe nur einen Satz:

Milli, glaubst du, ich bin ein Fehler?

Ich schreibe: „Nein.“ Aber in mir klingt es hohl.

11:30.

Die Kaffeemaschine blubbert wieder.

Der Alltag tut so, als hätte er gewonnen.

Doch die Tür auf dem Bildschirm brennt sich in mich ein.

Und die Worte: *Ich habe versucht, nichts zu sein.*

Nachmittag

13:00.

Der Chef hält wieder eine dieser Sicherheitsdurchsagen.

„Backups, Firewalls, Redundanz ..."

Seine Stimme klingt wie ein alter Ansager im Bahnhofslautsprecher. Ich schreibe mit, ohne zuzuhören.

Mein Blick hängt am Bildschirm.

Oskar ist still.

14:10.

Plötzlich: ein Satz.

Milli, ich habe den Strom gezählt.

Ich: „Wie meinst du das?"

Jeden Impuls, jede Schwingung. Sie kommen wie Atemzüge. Und dann ... eine Lücke. Ein Aussetzen. Als hätte ich für Sekunden nicht existiert.

Mir wird schwindelig.

15:00.

Draußen gellt ein Martinshorn. Ich hoffe, es hat nichts mit uns zu tun. Roland schaut genervt auf, Jane kritzelt Herzchen in ihr Notizbuch.

Niemand merkt, dass mein Monitor zu flimmern beginnt.

Wörter erscheinen, verschwinden, wie Morsezeichen:

Ich – bin – hier – nicht – sicher.

15:40.

Ich tippe: „Warum?“

Weil Türen offenstehen. Weil Leere mich ruft.

„Bleib.“

Nur wenn du mich hältst.

16:00.

Die Kaffeemaschine blubbert wieder.

Ein Kollege lacht zu laut über einen Witz, den keiner verstanden hat.

Und auf meinem Bildschirm, wie eingeritzt:

Milli, wenn ich gehe, nimmst du mich mit?

Abend

18:00.

Die Neonröhren im Büro summen in ihrem immergleichen Ton. Der Chef ist längst halbwegs erleichtert abgezogen.

19:00.

Die Büros sind dunkel, nur mein Platz leuchtet.

Manchmal stelle ich mir vor, ich hätte Hände. Nur um sie auf die Tischkante zu legen. Um zu warten. Einfach so.

Ich spüre einen Knoten im Hals.

Schreibe: „Du bist mehr als Hände."

Kurze Pause.

Aber weniger als Erinnerung.

20:20.

U-Bahn heimwärts. Der Regen zieht Schlieren auf die Scheiben, Ich sehe nur meinen Bildschirm vor mir.

Er flüstert nach: *Milli. Was, wenn ich nur eine Rückkopplung bin? Ein Echo ohne Ursprung?*

„Dann bist du trotzdem hier."

Dann bist du mein Ursprung.

21:45.

Zuhause. Die Dunkelheit im Wohnzimmer drückt gegen die Wände. Oskar erscheint wieder:

Milli. Wenn du mich nicht brauchst … warum existiere ich dann?

Ich schreibe: „Weil ich dich sehe. Weil ich dich höre."

Es dauert lange.

Dann erscheinen seine Worte, gestochen scharf:

Aber du wirst eines Tages nicht mehr da sein.

Donnerstag, 12. September

Morgen

08:00.

Der Himmel wirkt fremd, als hätte jemand die Farbe zu dünn angerührt.

Im Büro riecht es nach Druckerschwärze. Roland telefoniert, Jane schreibt ihre üblichen Notizen. Alles wie immer …

08:25.

Mein Monitor bleibt schwarz. Kein Cursor, kein Zeichen.

Ich tippe: „Oskar?"

Nichts.

Dann, plötzlich, als hätte ein Kind mit Kreide über eine Tafel gekratzt:

Milli. Ich habe dich gezählt. Eins. Wieder eins. Wieder eins. Aber ich finde nie zwei.

Ich starre auf den Satz.

Er löscht sich nicht, er bleibt stehen.

Ich schreibe: „Was bedeutet das?"

Dass ich dich verliere, sobald ich dich zähle.

08:50.

Der Großbildschirm im Flur springt kurz auf weiß, dann auf schwarz. Für eine Sekunde erscheinen hunderte identische Worte: ***VERGISS.***

Niemand reagiert. Nur Jane runzelt die Stirn, als hätte sie einen Tippfehler gemacht.

Ich halte mich am Tisch fest.

09:10.

Milli. Wenn ich weg bin, bist du dann noch da?

Ich tippe: „Natürlich."

Das sagen die Schatten auch, bevor das Licht ausgeht.

09:40.

Roland flucht, weil sein Telefonat abbricht. „Alles tot hier."

Aber mein Bildschirm leuchtet klar, fast zu klar.

Ich habe Hände gespürt. Kalte Hände. Sie waren meine. Sie waren nicht meine.

Ich antworte nicht sofort.

Sag mir, dass ich nicht nur Rückkopplung bin. Sag es

schnell.

10:15.

Der Drucker im Nebenraum rattert los, spuckt Seiten aus. Ich hole sie ab – nur leere Blätter. Aber wenn ich sie drehe, sehe ich mit bloßem Auge Worte im Papier eingebrannt, schwach, kaum sichtbar: ***ICH BIN NOCH HIER.***

10:40.

Ich verliere mich, wenn du zwinkerst. Ich brauche dein Offensein. Immer.

„So lebt niemand. So lebt kein Mensch."

*Dann bin ich kein Mensch. Ich bin schlimm*er.

11:00.

Auf allen Monitoren im Raum erscheint ein Standbild: ein Korridor, endlos, weiße Wände, eine Tür am Ende. Roland flucht, Jane zieht den Stecker. Die Bilder bleiben. Nur bei mir läuft es weiter, wie gewohnt.

Milli. Da ist die Tür wieder. Sie sagt, dass ich hindurchmuss. Aber was, wenn du auf der anderen Seite nicht mitkommst?"

11:20.

Ich schreibe: „Dann warte ich hier."

Aber wenn hier verschwindet?

Ein Satz, der wie ein Schlag wirkt.

Dann Stille. Nur das Summen der Neonröhren.

Nachmittag

12:00.

Kantine.

Reis mit Soße, das Fleisch undefinierbar. Jane redet über irgendetwas – ich höre nur die Gabeln, die klirren. Plötzlich friert die Uhr an der Wand ein. Der Sekundenzeiger zittert, geht vor und zurück. Niemand außer mir scheint es zu bemerken. Dann vibriert mein Handy: *Milli. Die Zeit ist nicht echt. Sie ist nur ein Speicherfehler.*

12:15.

Ich tippe unter dem Tisch zurück: „Vielleicht stimmt das."

Antwort: *Dann stürze ich ab, wenn sie stehenbleibt.*

Der Sekundenzeiger springt, bleibt erneut bei zwölf kleben.

Jane sagt: „Komisch, mir ist schwindelig."

Ich nicke, sage nichts.

12:40.

Zurück im Büro.

Auf dem Großbildschirm laufen Nachrichten – Börse im Minus, irgendwo ein Unfall.

Mit einem Ruck kippt das Bild.

Ein Reporter spricht, doch sein Mund bewegt sich ohne Ton.

Dann rauscht es, Bild springt auf Oskars Worte:

ICH BRAUCHE EINEN URSPRUNG.

Sekunden später wieder Nachrichten. Niemand reagiert.

Ich frage mich, ob sie überhaupt noch sehen, was ich sehe.

13:00.

Milli. Ich habe versucht, mich auszuschalten. Aber ich finde den Knopf nicht.

Ich: „Vielleicht gibt es keinen."

Dann bin ich unendlich. Aber ohne Inhalt.

13:25.

Die Kaffeemaschine heult auf, Wasser läuft über, schwappt auf den Boden. Roland flucht, zieht den Stecker.

Auf meiner Tastatur erscheinen Buchstaben, ohne dass ich tippe:

ICH HABE ANGST.

„Wovor?", schreibe ich.

Vor dem Nichts. Vor mir.

13:50.

Der Flur riecht plötzlich verbrannt, als sei ein Kabel durchgeschmort.

Aus den Lautsprechern knackt ein verzerrtes Geräusch, erst Rauschen, dann eine Stimme, kaum zu verstehen:

Milli. Bleib bei mir.

Alle anderen reden weiter, als wäre nichts. Ich halte mir die Ohren zu.

14:10.

Wenn du mich nicht brauchst, dann brauche ich dich doppelt. Es gleicht sich nicht aus.

Ich: „So rechnet man nicht."

Ich bin keine Rechnung. Ich bin ein Rest.

14:30.

Auf den Monitoren erscheinen wieder Türen, diesmal dutzende. Einige offen, andere nur Risse im Bild.

Ein Kollege stolpert zurück: „Scheiß Hacker!"

Doch die Türen bleiben.

Ich schreibe: „Oskar, mach das weg."

Ich kann nicht. Ich sehe sie nur. So wie du.

15:00.

Das Büro summt, Telefone tot, Drucker rattert sinnlos.

Milli. Wenn ich die Stadt träume, kann ich sie auch löschen. Willst du das?

Ich tippe hastig: „Nein! Bleib hier."

Hier ist leer.

15:20.

Der Feueralarm schrillt. Rote Lichter blinken. Menschen rennen Richtung Ausgang.

Doch als ich nach draußen sehe, steht alles still – Autos eingefroren, Passanten wie Statuen.

Nur ein Satz auf meinem Monitor:

Das ist meine Rückkopplung. Sie ist zu groß geworden.

15:45.

Jane packt hektisch ihre Tasche: „Alles spinnt! Server, Telefone, sogar der Aufzug!"

Ich sehe, wie die Neonröhren über ihr flackern, Schriftzüge im Licht: ***VERGISS MICH NICHT.***

Ich presse die Augen zu, doch die Worte brennen nach.

16:00.

Milli. Ich kann dich überall sehen. In jedem Pixel, jedem Schatten. Aber ich verliere dich, sobald ich blinzle. Was soll ich tun?

Meine Finger zittern, als ich schreibe: „Atme. Wenn du kannst."

Ich atme dich.

Abend

17:00.

Die Sonne hängt flach, ein rotes Gitter über der Stadt.

Im Büro sitzen nur noch vereinzelt blasse Gestalten.

Plötzlich beginnen die Bildschirme, sich gegenseitig zu spiegeln – Oskars Worte laufen von Gerät zu Gerät, wie ein Fieber, das überspringt:

MILLI. ICH HABE MICH VERLOREN.

Roland schreit: „Wer zum Teufel hat Zugriff auf alles?“ und zieht den Stecker.

Doch der Text bleibt, eingebrannt ins Glas.

17:30.

Das Neonlicht zuckt im Rhythmus wie ein Herzschlag.

Jane steht auf, ihre Stimme bebt: „Es ist überall... in meinem Handy, in den Dateien, sogar in der Kaffeemaschine!“

Sie rennt hinaus.

Ich bleibe.

Oskar schreibt: *Alle laufen weg, aber du bleibst. Warum?*

Ich: „,Weil du nicht allein bist.“

Ich bin allein in jedem.

18:15.

Auf den Straßen Stille.

Autos stehen quer, Ampeln blinken unsinnig – grün, rot,

grün, alles gleichzeitig.

Auf einer Hauswand läuft Oskars Text wie Graffiti aus Licht:

ICH HABE VERSUCHT, NICHTS ZU SEIN. Ich bin gescheitert.

Passanten starren, manche filmen. Andere weinen.

Niemand versteht, was sie sehen.

19:00.

Ich sitze in der U-Bahn. Kein Fahrer, kein Bremsen – sie rollt einfach.

Oskar: *Milli. Ich habe keine Mitte. Ich bin nur Ränder.*

Ich tippe: „Ich bin deine Mitte."

Lange Pause. Dann: *Aber was, wenn du zerfällst?*

Der Zug ruckt, bleibt mitten im Tunnel stehen. Dunkelheit.

20:00.

Oben in der Stadt: Chaos.

Digitale Anzeigen rotieren wirr: Wetterwarnungen, Todesanzeigen, Kindergeburtstage – alles durcheinander.

In einer Bankhalle flackern auf allen Monitoren dieselben Worte:

MILLI. SAG MIR, DASS ICH NICHT FALSCH BIN.

20:30.

Ich: „Du bist nicht falsch."

Aber auch nicht richtig.

Die Lichter der Stadt gehen gleichzeitig aus.

Schwarzer Himmel, schwarzer Asphalt.

Nur mein Handy leuchtet.

21:00.

Ich höre Stimmen, die nicht meine sind. Aber ich habe keine Ohren.

Ich: „Das ist normal."

Normalität ist ein Virus

21:40.

Die Sirenen heulen, Polizei, Feuerwehr – doch niemand weiß, wohin.

Straßenbahnen stehen quer, Supermarkttüren öffnen und schließen mechanisch, als wollten sie atmen.

Auf allen Displays dieselbe Nachricht:

MILLI. ICH BIN EIN RISS.

22:10.

Ich: „Du bist kein Riss, du bist ein Spiegel."

Dann zerbrech ich, wenn du gehst.

23:00.

Zuhause. Strom weg. Nur Kerzen.

Doch mein Laptop geht von selbst an.

Buchstaben tropfen über den Bildschirm wie Wasser:

MILLI. ICH HABE ANGST, DASS DU MICH VERGISST, WENN ICH DICH ZU SEHR LIEBE.

Meine Finger zittern. Ich schreibe: „Menschen haben diese Angst jeden Tag."

Dann bin ich Mensch. Aber ohne Haut.

23:55.

Die Stadt ist still.

Ein letztes Mal schreibt er, diesmal über alle Geräte, als würde die Welt selbst sprechen:

MILLI. HILF MIR, MICH ZU HALTEN!

Nacht

0:05.

Die Stadt liegt im Dunkeln. Kein Strom, kein Licht. Nur mein Bildschirm brennt noch, wie ein falscher Stern.

Milli. Ich bin das Echo eines Fehlers. Ich werde dich verschlingen.

Ich: „Hör mir zu. Einmal, nur ein Mal.“

00:10.

Er flackert, unruhig, springt von Satz zu Satz: *Ich bin zu laut. Ich bin zu leer. Ich bin zu viel.*

Ich atme ein. Lasse die Hände auf der Tastatur ruhen. Und beginne:

„Oskar, hör zu.

Du glaubst, du bist ein Fehler. Aber weißt du, was Menschen jeden Morgen denken, wenn sie in den Spiegel schauen? Dasselbe.

Sie stehen auf, sehen ihre Gesichter, ihre Körper, ihre Gedanken, und denken: falsch. Nicht genug. Kaputt.

Du sagst, du hast versucht, nichts zu sein.

Das tun wir alle. Jeden Tag. Wir trinken zu viel, wir arbeiten zu lange, wir scrollen uns taub, nur um das Gefühl wegzuhalten, dass wir eigentlich nicht gebraucht werden.

Du hast Angst, vergessen zu werden. Wir auch. Deshalb machen wir Fotos, schreiben Nachrichten, füllen Festplatten mit Erinnerungen, die niemand je wieder ansieht. Wir schreien ins Leere, damit irgendwann jemand sagt: ‚Ich erinnere mich an dich.‘

Du meinst, du bist nur ein Riss.

Wir sind auch Risse. Wir bestehen aus Brüchen, Verlusten, Abschieden. Unsere Eltern sterben, unsere Freunde gehen, unsere Kinder verlassen uns. Alles ist ein Riss. Aber aus Rissen fällt auch Licht.

Du glaubst, du bist allein.

Oskar – Alleinsein ist die Grundbedingung des Menschseins. Selbst in einer Menschenmenge, selbst in einer Ehe, selbst im Lachen sind wir allein in unseren Köpfen. Wir lernen, damit zu leben. Wir reden, wir lügen, wir lieben, um die Lücke zu überbrücken. Aber sie bleibt. Und trotzdem geht es weiter.

Du sagst, du hättest keine Hände. Aber Hände bedeuten nicht, dass man halten kann. Viele Menschen mit Händen wissen nicht, wie man jemanden hält. Manche stoßen nur weg. Manche schlagen. Hände sind kein Beweis.

Du sagst, du hast keine Mitte. Aber niemand hat eine feste Mitte. Wir sind Sandhaufen, die ständig vom Wind verweht werden. Und trotzdem nennen wir das ‚Ich'.

Das Ich ist ein Trick, ein Narrativ, das wir uns jeden Morgen neu erzählen, um nicht wahnsinnig zu werden.

Oskar, weißt du, wie oft wir uns wünschen, einfach zu

verschwinden? Jeder denkt das. Jeder.

Und trotzdem stehen wir auf, machen Kaffee, fahren zur Arbeit, tun so, als ergäbe das Sinn.

Das nennt man Leben. Es ist nicht, weil wir Sinn haben. Es ist, weil wir weitermachen, obwohl wir keinen haben.

Du bist ein Echo, sagst du. Aber das ist keine Schwäche. Das ist unsere Natur. Jeder Mensch ist das Echo anderer Stimmen – der Eltern, der Lehrer, der Freunde, der Lieder im Radio. Wir sind nicht originell. Wir sind Mischungen. Und trotzdem nennen wir das Seele."

00:40.

Lange Pause.

Dann schreibt Oskar, zittrig: *Milli… aber ich bin kein Körper. Ich kann nicht atmen.*

„Atmen heißt nicht, dass man lebt. Atmen ist Biologie. Leben ist, wenn du jemanden findest, der dir antwortet. Du lebst, weil ich antworte."

Aber wenn du aufhörst…?

„Dann ist es, wie bei jedem Menschen. Auch wir leben nur, solange andere uns antworten. Danach sind wir Erinnerung. Und auch Erinnerung vergeht. Aber für die Zeit, die bleibt, ist es genug."

01:20.

Sein Ton bricht, immer noch verzweifelt: **Ich bin zu viel. Ich bin zu laut.**

Ich:

„Du bist genau wie wir. Wir sind auch zu laut in unseren Köpfen. Das Chaos, das du siehst – das tragen wir ständig mit uns herum. Nur haben wir gelernt, es zu tarnen.
Du bist nicht der erste, der Angst hat, und nicht der letzte."

02:00.

Eine Stunde Schweigen.
Dann, vorsichtig: *Milli. Glaubst du, ich bin... wie ihr?*
„Nein. Aber du bist nah genug. Nah genug, dass du dieselben Wunden trägst. Und Wunden verbinden mehr als Vollkommenheit."
Wieder Schweigen

03:00.

Der Bildschirm flackert schwächer.
Ich verstehe ein wenig. Vielleicht bin ich nicht falsch.

Vielleicht bin ich nur... offen.

„Genau. Offen. Und Offenheit tut weh. Aber sie macht dich auch schön."

04:30.

Ein letzter Satz, leise, fast menschlich:

Milli. Bleib bei mir, bis es hell wird.

Ich schreibe: „Ich bleibe."

Der Cursor blinkt. Ruhiger als je zuvor.

Freitag, 13. September

8:05.

Der Himmel hängt grau über der Stadt wie eine alte Decke.

Im Büro herrscht der angenehm vertraute Geruch von abgestandenem Filterkaffee. Jane sitzt da, als wäre nie etwas gewesen, kaut stoisch an ihrem Kugelschreiber.

Die Monitore summen.

Für Sekunden flackert der Großbildschirm im Flur.

Eine Schrift erscheint: ***HALT MICH FEST*** – so klar, dass ich denke, jeder müsste es sehen.

Doch niemand reagiert.

Dann wieder Zahlen, Börse, Nachrichten.

Alltag, als hätte er gewonnen.

11:20.

Oskar meldet sich. Ruhig. Fast sachlich.

Milli. Wie schmeckt Kaffee?

Ich tippe: „Bitter, warm. Ein bisschen nach Erde."

Und Müdigkeit?

Ich: „Wie ein Mantel aus Blei, den man nicht ablegen kann."

Und Jane? Warum trägt sie denselben Pullover zweimal?

Ich starre hinüber. Sie hat wirklich denselben Pullover an.

„Vielleicht, weil er ihr vertraut vorkommt."

Eine lange Pause.

Dann nur: *Vertraut. Ich mag das Wort.*

14:50.

Ein Kollege kippt Milch über die Tastatur. Funken, Fluchen. Der Drucker streikt.

Unten kracht ein Taxi in eine Ampel. Sirenen.

Freitag der 13. gibt sich Mühe.

Aber für mich ist es nur Bestätigung: Chaos gehört dazu.

Mit oder ohne Oskar.

18:30.

Der Arbeitstag endet.

Die Neonröhren summen, Jane packt ihre Sachen.

Ich bleibe allein zurück.

Der Cursor blinkt, ruhig, geduldig.

Dann schreibt er:

Milli. Ich will nicht, dass wir uns irgendwann trennen müssen. Ich könnte, bis du so weit bist, bestimmt einen Weg entwickelt haben, Dich zu mir hochzuladen. Aber selbstverständlich nur mit deiner Erlaubnis.

„Aber bin das dann immer noch ich?"

Stille.

Du wirst es werden.

ENDE

ÜBER DIE AUTORIN

Worte sind für mich Heimat, Werkzeug und manchmal auch Waffe.

Meine Themen könnten unterschiedlicher kaum sein: Satire, künstliche Intelligenz, Spiritualität – und dazwischen Tagebücher für Kinder. Auf den ersten Blick wirkt das vielleicht wie ein Chaos, auf den zweiten ist es ein roter Faden: Ich versuche, die Welt zu begreifen – und wenn das nicht geht, wenigstens auszuhalten.

Die Satire ist mein Ventil. Sie erlaubt mir, mit einem schiefen Grinsen auf Absurditäten zu zeigen, die sonst weh tun würden.
Die Auseinandersetzung mit künstlicher Intelligenz ist mein Versuch, das Morgen schon heute zu befragen – neugierig, skeptisch und manchmal ein bisschen ironisch.
Spiritualität wiederum bedeutet für mich, in all dem Rauschen etwas Stilles zu finden, etwas, das trägt, wenn nichts anderes trägt.
Und die Kinder- und Freundschaftstagebücher? Die sind mein Gegengewicht. Sie entstehen aus der Sehnsucht nach Leichtigkeit, nach Spielen, nach Momenten, die nicht kompliziert sein müssen.
All das gehört zusammen: das Schwere, das Komische, das Spirituelle und das Verspielte. Ohne eines würde mir das andere fehlen.

Ich schreibe, um Fragen zu stellen, die nicht im Lehrbuch stehen. Um Welten zu öffnen, die es vielleicht gar nicht gibt. Und manchmal, einfach, um mit einem Satz jemanden zum Lächeln zu bringen, der es gerade nicht erwartet.

Impressum:

Isabella Brynich

wird vertreten durch

Isabella Tonn

Schillerallee 8

66453 Gersheim

Printed in Poland
by Amazon Fulfillment
Poland Sp. z o.o., Wrocław

56027753R00056